20 juin 1854

AF403319

CATALOGUE RAISONNÉ

DES

TABLEAUX

ET DES

QUATRE ADMIRABLES CARTONS

DE

Jules ROMAIN

COMPOSANT LA COLLECTION

DE

FEU Mme GENTIL DE CHAVAGNAC

PAR GEORGE,

ANCIEN COMMISSAIRE-EXPERT DU MUSÉE DU LOUVRE.

PARIS

IMPRIMERIE MAULDE ET RENOU,

RUE DE RIVOLI, 114

1854

9023—Imprimerie et Lithographie Maulde et Renou, rue de Rivoli, 144.

CATALOGUE RAISONNÉ

DES

TABLEAUX

ET DES

QUATRE ADMIRABLES CARTONS

DE

Jules ROMAIN

COMPOSANT LA COLLECTION

DE

FEU Mme GENTIL DE CHAVAGNAC

Par GEORGE,

ANCIEN COMMISSAIRE-EXPERT DU MUSÉE DU LOUVRE

———◆◇◆———

LA VENTE DE CETTE IMPORTANTE COLLECTION

AURA LIEU

Le Mardi 20 Juin 1854

DANS L'ANCIENNE GALERIE LEBRUN

RUE DU SENTIER, 8,

Par le ministère de Me RIDEL, Commissaire-Priseur,
rue Saint-Honoré, 335,

———◆◇◆———

EXPOSITION PUBLIQUE.
Les cinq jours qui précéderont la vente.

———

1854

CONDITIONS DE LA VENTE.

Elle sera faite au comptant.

Les acquéreurs paieront, cinq pour cent, en sus des adjudications.

CE CATALOGUE SE DISTRIBUE

A PARIS

Chez l'AUTEUR, galerie Lebrun, rue du Sentier, 8.
Mᵉ RIDEL, Commissaire-Priseur, rue St-Honoré, 335.

DANS LES DÉPARTEMENTS

CHEZ

Amiens.........	MM. HACBECT jeune, (Vᵉ).
Angers.........	MARIE, Commissaire-Priseur.
Bordeaux.....	PASQUIER, Cours du 30 Juillet.
Caen	BOUCHARD, libraire.
Grenoble......	ROLAND, Conservateur du Musée.
Lille..........	TENCÉ, Marchand de Tableaux.
Lyon	HOETH, Marchand d'Estampes.
Marseille......	LAZARD, Marchand d'Objets d'Art.
Montpellier ...	ROGER, Marchand d'Objets d'Art.
Nancy.........	LAZARE-LÉVY, Marchand de Tableaux.
Nantes	LELIÈVRE, place du Bon Pasteur.
Rouen.........	BILLARD, Marchand de Curiosités.
Strasbourg ...	TREUTTEL et WURTZ, Libraires.
Toulouse......	AVANZO frères, Marchand d'Estampes.

ANGLETERRE

Londres.......	MM. CHRISTIE et MANSON, King street. Saint-James square.
	SMITH fils, 137, New Bond street.
	FARRER, Wardour street.
	MAWSON, 3, Berners street, Oxford street.
	COLNAGHI, Marchand d'Estampes.
Édimbourg ...	BLANCK, Libraire.
Dublin	WATTKINS, Marchand de Tableaux.

BELGIQUE

Bruxelles......	MM. HERIS.
	ET. LAROX.

HOLLANDE

Amsterdam...	{ MM. Brondgheest, heeren Graght, 30.
	Dewries.
La Haye......	{ Enthoven, Plein, 211.
Rotterdam....	{ Lamme.

ALLEMAGNE

Berlin.........	MM. Sachse et Cie.
Dresde........	Arnold, Marchand d'Estampes.
Dusseldorf....	E. Schulte.
Francfort s./m.	E. Kohlbacher.
Hambourg....	W. Becker.
Leipzig.......	P. del Vecchio.
Mannheim....	Artaria et Fontaine.
Munich........	Mey et Widmayer.
Stuttgard.....	C. Antenrieth.
Vienne........	Artaria etCie.

ITALIE

Florence......	MM. Giuseppe Bardi.
Milan...	G. Vallardi, rue Sainte-Marguerite.
Naples........	Detresne, Libraire.
Rome.........	Merle, Libraire, place Colonne.
Turin	Maggi, Marchand d'Objets d'Art.

RUSSIE

St-Pétersbourg	{ MM. Von Regmorter.
	Velten.
Moscou	Mme Ve Gauthier et fils, Libraires.

AVANT-PROPOS.

La vente de la collection de Mme de Chavagnac est un de ces événements qui font époque dans le monde des arts. L'apparition si éclatante et si imprévue des cartons de Jules Romain, qu'elle va tirer de l'oubli de plusieurs siècles, suffirait pour lui assurer une date historique dans les annales de la peinture. On peut dire que depuis l'institution des ventes publiques en France, depuis plus d'un siècle, jamais œuvres plus transcendantes n'ont été soumises aux chances des enchères. Cependant presque toutes les grandes collections ont été dispersées; les Musées leur doivent plus d'un chef-d'œuvre, et les nouveaux cabinets ont hérité de leurs richesses. C'est de la vente de Lapeyrière que provient la petite *Sainte-Famille du Corrége*, d'un pied de haut, sur neuf pouces de large, qui fait aujourd'hui l'admiration des visiteurs du Musée Britannique. Celle de la galerie du cardinal Fesch a offert aux amateurs l'occasion presque unique d'acquérir un *Christ en Croix* de la jeunesse de *Raphaël*; celle plus

récente des tableaux du maréchal Soult a répandu
dans les Musées et les collections des œuvres d'une importance et d'une valeur capitales. Souvent aussi des
ventes à l'amiable ont enlevé à l'Italie des chefs-d'œuvre de ses grands maîtres, que l'on retrouve aujour-
d'hui dans les Musées de la France, de l'Allemagne, de
l'Angleterre et de la Russie.

Mais tous ces déplacements, ces ventes publiques et
ces transactions artistiques, résultat naturel des vicis-
situdes de la fortune et des événements, n'ont jamais
compris que des tableaux. A l'exception des cartons de
Raphaël et de Mantagna, de la galerie d'Hamptoncourt
et des quatre cartons de Jules Romain, du Musée du
Louvre, les peintures monumentales des grands maîtres italiens ne sont guères connues que par des gravures qui ne peuvent, quel que soit leur mérite, donner une juste et large idée de ces œuvres grandioses
qu'on pourrait appeler les épopées de l'art. L'inamo-
vibilité de la fresque la protége contre la conquête
et les déplacements; or, c'est en Italie même qu'il
faut aller chercher les plus hautes et les plus subli-
mes manifestations de ses artistes. Les Portraits et
les Vierges de Raphaël ne le révèlent pas tout entier;
les fresques du Vatican donnent seules le dernier mot
de son génie. Qui pourrait prétendre connaître Michel-
Ange sans avoir vu les peintures des chapelles Sixtine
et Pauline? Et le Dominiquin ne déploie-t-il pas dans
la fresque une puissance de pensée et d'exécution que
ses tableaux font seulement pressentir? Léonard de

Vinci, qui n'a laissé qu'un si petit nombre de tableaux, s'est surpassé dans la célèbre *Cène* de Milan, presque effacée aujourd'hui. Corrège lui-même, si sublime et si merveilleux dans ses ouvrages à l'huile, s'élève encore dans la peinture à fresque, et ce n'est que dans les coupoles de Parme qu'il manifeste toute la grandeur de son génie. Quant à Jules Romain, il n'est qu'une voix pour reconnaître que la fresque double l'étendue et l'énergie de ses facultés. Les célèbres peintures qu'il exécuta à Mantoue, dans le palais du T, offraient un grand exemple de cette éclatante supériorité, avant les déplorables restaurations qui les ont à jamais flétries. Tous ces immenses travaux des chefs d'école sont incorporés aux monuments qu'ils décorent ; ils participent de leur immobilité, et leur destinée est de périr avec eux. Quelle valeur ne doivent donc pas avoir aux yeux d'un amateur éclairé des arts ces rares cartons des grands maîtres, qui mobilisent leurs fresques, pour ainsi dire, nous les rendent dans toute la pureté de leur première pensée, et ne sont pas exposés, comme elles, aux altérations presque inévitables des peintures murales ? N'est-ce pas assez démontrer toute l'importance que la vente de Mme de Chavagnac emprunte aux cartons de Jules Romain ? La dimension, la magnificence, le style épique de ces grandes pages, leur existence consacrée il a trois siècles par Vasari, l'oubli même dans lequel elles sont restées si longtemps, le nom glorieux du sublime artiste qui les a tracées, tout concourt à leur donner l'intérêt immense d'une découverte historique! Il ne s'agit que d'en constater l'authenticité, et, sur ce point, nous croyons devoir déclarer solennellement que cette authenticité est avérée, certaine, incontestable, qu'elle resplendit d'évidence et ne laisse pas un instant naître le doute dans la pensée des connaisseurs. D'ailleurs, ce n'est pas d'aujourd'hui qu'elle est reconnue; pendant plusieurs années ces mêmes cartons ont été exposés au Louvre, examinés et jugés par les plus célèbres artistes et les plus sûrs appréciateurs de l'époque. Compris dans la première exposition des tableaux anciens qui eut lieu dans la galerie d'Apollon, au Musée central des Arts, le **28 thermidor an V** (13 août 1797), ils illustrèrent encore cette grande exposition de l'an VII, qui réunit tant de chefs-d'œuvre provenant de nos conquêtes, et soutinrent victorieusement cette majestueuse concurrence. Au reste, la direction du Musée songeait sérieusement à les acquérir, car le Livret de l'Exposition, après en avoir donné la description, ajoute en note :

« Ces quatre cartons, qui font partie de l'histoire de
« Scipion, et qui ont servi de modèles pour une ten-
« ture exécutée à Bruxelles, en dix pièces, formant
« cinquante-sept aunes de cours, appartiennent au
« citoyen Desbusscher; l'administration vient d'en
« proposer l'acquisition au Gouvernement pour faire
« suite à quatre autres cartons de Jules Romain que
« possède le Musée. »

A cette note du Livret, il ne nous paraît pas hors de propos de rapporter les paroles prononcées par le

Premier Consul, lors d'une visite qu'il fit au Musée ;
nous les empruntons à la brochure de M. Courtois :

« Arrivé devant les cartons de Jules Romain, que
« leur caractère grandiose semblait isoler de tout ce
« qui les entourait, le Consul s'arrêta avec étonnement,
« disant que Mantoue, illustrée par le séjour de Jules
« Romain, ne possédait rien d'égal. Le Consul médita
« longtemps devant cette grande *Lutte de Zama*, qui
« décida du sort de Carthage. De tous les héros des
« temps passés, aucun ne fut plus admiré qu'Annibal
« par le conquérant de l'Italie. La guerre opiniâtre
« faite pendant seize années aux Romains sur leur
« propre territoire, lui semblait le comble de l'audace
« et de l'habileté. — « Un pareil homme, dit-il, méritait
« bien d'avoir Jules Romain pour historien. » — Sur
« l'observation de M. Denon que ces beaux cartons
« n'appartenaient point au Musée, l'ordre de les acqué-
« rir fut aussitôt intimé. »

M. Courtois nous apprend ensuite que cet ordre arrivait trop tard. M. Desbusscher, fatigué des lenteurs du
Directoire, dont les ressources étaient employées à sou-
tenir la gloire de nos armées, et pressé de toutes parts
par des offres de l'étranger, avait fini par accepter les
propositions de Mme de Chavagnac, qui lui céda, en
échange des cartons de Jules Romain, une propriété
rurale d'une valeur très-considérable.

C'est donc à Mme de Chavagnac que nous sommes
redevables de pouvoir encore admirer aujourd'hui ces
productions si remarquables. Et ici nous devons rendre

un juste hommage à la mémoire de cette dame, qui tient un rang distingué parmi les amateurs qui ont fait le plus d'honneur aux arts dans le cours de ce siècle. Passionnée pour la peinture, qu'elle cultivait avec succès, liée avec nos grands artistes, dans la société desquels elle fortifiait tous les jours son goût et ses connaissances, Mme de Chavagnac eut bientôt acquis un jugement élevé et sûr, qui l'initia au sentiment du vrai beau et à l'appréciation des grands styles. Sa collection n'a rien de frivole, et le plus judicieux des connaisseurs pourrait s'enorgueillir de l'avoir formée. Il ne fallait pas être douée d'un tact ordinaire pour sentir les beautés d'un tableau tel que l'*Hercule et Antée*, du CARRACHE morceau qui figurerait avec honneur dans les plus illustres Musées. Parmi les autres toiles hors ligne qui attestent la pureté de son goût et la sévérité de son choix, nous citerons : *Thésée découvrant les armes d'Egée*, et *l'Esquisse du Martyre de saint Erasme*, par *le* POUSSIN ; — les *Deux portraits d'homme* de PAUL VÉRONÈSE ; — la *Marine* et le *Portrait de femme* de REMBRANDT ; — la *délicieuse petite-fille* de NETSCHER, — les *Portraits* de HALST ; — la *Diane* de GENTILESCHI ; — la *Forêt* de RUISDAEL, — le *Garde-manger* de SNEYDERS, enfin ce gracieux RAOUX, — et cette série de six compositions de BOUCHER, qu'elle goûtait et appréciait, à une époque si injuste et si prévenue contre lui.

Ceux qui ont été admis à visiter autrefois la collection de Mme de Chavagnac regretteront peut-être de ne plus y retrouver le tableau de Rembrandt connu sous le nom du *Doreur*. Des considérations personnelles l'ont décidée à s'en défaire dans ses dernières années. Cette précieuse toile figure aujourd'hui dans le cabinet de M. le comte de Morny. Le souvenir de Mme de Chavagnac survivra, dans l'histoire des arts, à la dispersion même de sa collection; il restera attaché à ces célèbres peintures de Jules Romain, qu'elle avait si généreusement conservées à la France.

CATALOGUE

DES TABLEAUX

DE LA GALERIE

de feu Mme GENTIL DE CHAVAGNAC.

Ecole Romaine.

JULES ROMAIN (Giulio Pippi. dit).

Quatre grands Cartons qui ont fait partie d'une suite de dix compositions représentant l'histoire de Scipion l'Africain, commandées à JULES ROMAIN, par le duc de Ferrare, pour être exécutées en tapisserie, à la manufacture de Bruxelles, par Maestro Niccolò et Gio Battista Rosso.

Ces cartons, dessinés sur papier et peints à la détrempe, ont subi le même sort que les sept célèbres cartons de Raphaël de la collection d'Hamptoncourt, qui sont aujourd'hui une des plus grandes richesses artistiques de l'Angleterre et même du monde entier. Les uns et les autres sont restés longtemps ignorés; ceux de Raphaël avaient

1

également été envoyés à Bruxelles, pour y être exécutés en tapisseries destinées à la décoration du Vatican. On ignore encore comment ils sont passés de Belgique en Angleterre; mais, ce qui est certain, c'est qu'ils n'ont jamais été renvoyés à Rome. Ce n'est qu'à partir du règne de Charles Ier qu'on en retrouve la trace. Ils étaient alors découpés par morceaux et conservés dans une caisse, au château de White-Hall. Quand on les montrait, ce qui arrivait fort rarement, on était obligé d'en rassembler les morceaux. Ils furent compris dans la vente publique des tableaux de Charles Ier, et Cromwell ordonna de les acheter. C'est ainsi qu'ils ont été conservés à l'Angleterre.

Par un hasard encore plus heureux pour les arts, nos cartons de Jules Romain restèrent enfouis, jusqu'au moment de la Révolution française, dans les coffres où ils avaient été soigneusement renfermés, après l'achèvement des tapisseries, ce qui explique leur parfaite conservation. L'importante découverte de ces merveilles de l'art est due aux soins d'un amateur passionné, M. Desbusscher, qui n'en fut pas plutôt en possession qu'il s'empressa de les faire transporter à Paris, où ils furent exposés, pendant plusieurs années, au Louvre, dans la galerie d'Apollon. L'admiration qu'excitèrent ces précieuses peintures fut générale. David, en tête des artistes, les amateurs, les connaisseurs, tous sollicitaient vivement pour qu'ils fussent acquis aux études, et à la France qui possédait déjà leurs tapisseries. Nous ne reproduirons pas ici les raisons qui s'opposèrent à cette acquisition; M. Courtois les énonce avec beaucoup d'intérêt dans une brochure qu'il vient de publier sur ces cartons. Nous dirons seulement que, par un sentiment national très-louable, M. Desbusscher refusa des offres avantageuses faites par des Anglais qui voulaient réunir les cartons de Jules Romain à ceux de Raphaël. Cependant la position de fortune de M. Desbusscher ne lui permettant pas de conserver des objets d'une aussi grande valeur, il se décida à les céder à madame de Chavagnac, qui, de son côté, ne recula devant aucun sacrifice pour que ces chefs d'œuvre ne quittassent pas la France. Il est à regretter que la noble pensée de cette dame n'ait pu se réaliser entièrement et que son projet de réunir ces cartons à sa belle collection de tableaux, et plus tard d'en décorer son magnifique château de Prangins, n'ait reçu qu'une partie de son exécution. L'époque n'était pas encore arrivée pour nos cartons de rentrer dans le domaine des arts ; ils n'avaient fait qu'apparaître un moment, comme pour marquer leur existence. Faute d'un emplacement convenable pour les exposer, ils furent roulés de nouveau, soustraits par conséquent à tous les regards, et retombèrent dans un oubli qui dura tout un demi-siècle. Maintenant ils vont être livrés en vente publique, par suite du décès de madame de Chavagnac ; cette circonstance, nous n'en doutons pas, les rendra pour toujours à la place qu'ils doivent ocuper dans un Musée à côté des œuvres les plus capitales des grands maîtres.

Ces détails nous ont paru indispensables pour constater l'origine de nos cartons. Quant à leur authenticité, elle est saisissante pour tous ceux qui les ont vus, et aussi incontestable que celle de toutes les œuvres les plus célèbres, dont s'honore la peinture. En les signalant, Vasari dit qu'ils ont été gravés par Gio Battista de Mantoue; mais, comme nous ne connaissons pas ces gravures, qui doivent être très-rares, si elles existent encore, et que, d'une autre part, les tapisseries mêmes sont peu connues, nous allons tâcher de rendre nos descriptions aussi claires que précises, en leur donnant tout le développement nécessaire.

1 — *Débarquement de Scipion en Afrique.*

Scipion, ayant formé le projet de se ménager l'alliance de Syphax, roi des Massésyliens, s'embarqua secrètement avec Lælius sur deux galères à cinq rames. Près d'aborder en Afrique, il se trouve à peu de distance de sept galères carthaginoises commandées par Asdrubal, qui vient lui-même implorer le secours de Syphax. Le proconsul romain, voulant éviter la rencontre de la flotte ennemie, profite d'un vent favorable pour se mettre en sûreté dans le port.

Scipion et son lieutenant sont debout chacun sur leur galère; celle du dernier est la plus avancée. Par un geste et un mouvement expressifs, Lælius signale les galères carthaginoises qui arrivent à pleines voiles et à force de rames; s'adressant à Scipion, il semble en attendre les ordres ou lui demander un conseil. Le jeune héros à déjà saisi le bâton de commandement et, se retournant vers les siens, il indique de la main droite à un officier l'endroit du port où il veut débarquer. Les rameurs redoublent d'efforts pour avancer, un soldat montre un étendard, un autre s'apprête à sonner d'une trompette ornée d'une banderolle. La présence du chef anime tout le monde; la décision qui se peint sur son visage commande l'attention de l'officier qui reçoit ses ordres et excite l'ardeur et le courage des matelots.   La galère est décorée de magnifiques ornements et des boucliers des rameurs.

Celle de Lælius est encore d'une plus riche décoration; elle est ornée d'un magnifique bas-relief représentant des divinités marines; le gouvernail est surmonté d'une tête de louve, au milieu d'une coquille. Ici la scène prend un autre caractère; le mouvement des rameurs est ralenti, leur indécision est marquée, ils semblent attendre des ordres. On en remarque un qui est debout tenant sa rame renversée, un autre qui a les jambes en dehors du navire; un vieillard est tranquillement assis au milieu d'eux; un soldat lève son guidon qu'il déploie et semble donner un signal à la côte. Dans le fond on aperçoit une grande ville qui occupe tout le littoral; elle est remarquable par ses nombreux monuments, l'étendue de son port et ses dépendances.

La noble simplicité de style de cette composition est soutenue par l'énergie de la pensée. Avec quelle justesse et quelle vérité d'expression le peintre nous montre le jeune vainqueur de l'Espagne et son fidèle lieutenant! Il fait revivre pour ainsi dire ces deux illustres Romains; on lit sur leur physionomie la diversité de leur caractère, les sentiments qui les dominent et les nobles projets qu'ils méditent. Quelle dignité, quel calme, quelle fierté de geste et d'attitude !

Haut., 3 mètres 71 cent. Larg., 5 mètres 21 cent.
Ancienne mesure : Haut., 11 pieds 5 p. Larg., 15 pieds 5 p.

2 — *Scipion et Asdrubal à la cour de Syphax.*

Syphax, flatté de l'alliance que lui proposent à la fois deux des plus illustres généraux de son temps, les réunit à sa table afin de ne point marquer de préférence à l'un d'eux. Profitant de cette entrevue, Scipion sait par la grâce de ses manières et la sagesse de ses discours captiver l'amitié du roi. Asdrubal s'en aperçoit, et découvrant la supériorité du génie de son adversaire, il se lève avec précipitation et semble prêt à prononcer ces paroles consacrées par l'histoire : « *Quel homme que Scipion ! il est aussi for-* « *midable dans un repas qu'à la tête d'une armée !* »

La scène se passe dans une magnifique salle, à la clarté des flambeaux. L'intendant du festin, par un geste animé, commande le service aux esclaves. Quatre d'entre eux tiennent les flambeaux ; celui-ci porte une coupe remplie de fruits, un autre un beau vase antique fermé par un couvercle ; plusieurs sont debout et attendent des ordres : un jeune garçon, appuyé sur le dossier du fauteuil d'Asdrubal, se retourne pour regarder un gros dogue couché sur le devant de la composition. La salle, décorée de belles colonnes qui supportent une corniche enrichie d'une magnifique frise, est d'une somptueuse et élégante architecture. Un dressoir à trois tablettes, élevé sur une console, est meublé de vases grecs et égyptiens, de riches et élégants plateaux ; au pied du dressoir on remarque un amas d'amphores.

Cette pompeuse décoration donne une idée parfaite des festins des anciens. Mais ce qui est surtout remarquable, c'est que le peintre a raisonné son sujet de manière à imprimer à chacun de ses personnages le caractère qui lui est propre. Les grâces de Scipion, son inspiration et son enthousiasme naturels nous représentent bien ce héros tel que le peint l'histoire. La figure d'Asdrubal est empreinte d'inquiétude et de sinistres pressentiments ; on dirait qu'il désespère déjà de la fortune de Carthage. Syphax est calme et digne ; on retrouve en lui ce monarque qui sut balancer les succès de ses ennemis et lutter contre l'adversité. Dans cette vaste et magnifique page, tout dénote une profonde érudition des connaissances de l'histoire, des mœurs et des costumes des anciens. Avec douze figures seulement Jules Romain a produit une composition pleine de grandeur et de fécondité d'invention.

Haut., 3 mètres 73 cent. Larg., 3 mètres 70 cent.
Ancienne mesure : Haut., 11 pieds 5 p. 6 lig. Larg., 11 pieds 4 p. 6 lig.

3 — *Défaite de Syphax.*

Asdrubal étant parvenu à faire épouser à Syphax sa fille Sophronisbe, le prince numide se détacha de l'alliance des Romains. Il fut d'abord vainqueur de Massinissa, et se rendit maître à Tholus des magasins de l'armée romaine ; mais la campagne suivante lui fut fatale. Après avoir perdu deux batailles contre Scipion, il fut poursuivi par Lœlius et Massinissa jusqu'au cœur de ses états. Il vint courageusement au devant de l'ennemi, fut vaincu et fait prisonnier. Ce dernier combat se livre dans une vaste plaine en vue de Cirtha, qu'on aperçoit dans l'éloignement avec ses nombreux et magnifiques édifices qui se détachent sur une chaîne de montagnes.

Jules Romain nous représente ce combat au moment où le cheval de Syphax s'étant abattu sous lui, ce prince, déjà blessé au front, tombe à la renverse, entouré de ses ennemis. Un soldat numide cherche à le relever, mais un Romain a déjà saisi une de ses jambes et rend tout espoir de résistance inutile, deux autres soldats le menacent de leur épée. La contenance du roi annonce le sang-froid et l'intrépidité ; insensible au danger qui le menace, il semble encore braver ses adversaires dont il évite les atteintes en se parant de son glaive. Un chef de l'armée romaine, monté sur un cheval pie, tient un des défenseurs de Syphax par les cheveux et s'apprête à le tuer. De tous côtés l'action est engagée avec acharnement : là, un soldat terrassé s'efforce de se garantir avec son bouclier d'une masse d'armes qui va le frapper ; un autre, désarmé, se sert de ses mains pour détourner un coup de lance. Mais un des épisodes les plus frappants de cette scène de carnage est celui de ces deux soldats qui tombent ensemble saisis de rage et d'épouvante ; le Romain, blessé mortellement, entraîne son ennemi avec lui, et, l'étreignant fortement, il le mord au visage et lui plonge son épée dans les flancs avant d'expirer. D'un côté les soldats sont en fuite, de l'autre ils arrivent au combat, partout la mêlée est sanglante ; les étendards romains et carthaginois brillent au milieu des combattants, les lances se croisent, se confondent et s'élèvent de toutes parts. Nous comptons environ soixante figures dans cette composition : mais elles sont distribuées avec tant d'art, qu'on croit y voir figurer tout un corps d'armée.

Voici une production immense du génie de Jules Romain, d'un ensemble parfait et qui fixe les regards par l'intérêt qu'elle inspire. Il est impossible de rendre avec plus d'énergie, et sans confusion, le désordre d'une bataille ; le véritable caractère du talent de Jules Romain se développe ici tout entier : nous y admirons sa grande et sévère manière de dessiner, d'annoncer le nu sans affectation, sa connaissance profonde de la science des raccourcis, le grand goût de ses figures, une force d'expression surprenante, et enfin la fougueuse impétuosité de sa féconde imagination poétique.

Haut. 3 mètres 73 cent. Larg. 6 mètres 50 cent.
Ancienne mesure : Haut. 11 pieds 5 pouces 6 lig. Larg. 20 pieds.

4 — *Bataille de Zama.*

Cette bataille décida du sort de Carthage et porta le comble à la gloire de Scipion. Jusque là, il n'avait eu à combattre que des généraux secondaires : mais alors il était en présence du plus grand capitaine de son siècle, du vainqueur de Trasimène et de Cannes, et de soldats aguerris sous son commandement. Aussi, ce fut dans cette bataille qu'il eut besoin de déployer toutes les ressources de son génie ; et, en effet, tous les auteurs conviennent que ses dispositions furent prises avec autant de sagesse que d'habileté.

Les premiers regards du spectateur se portent impérieusement sur le héros romain, qui monte un cheval pie lancé au galop sur le devant de la composition. Une noblesse sans fierté est empreinte sur son visage, et sa contenance assurée annonce toute sa confiance en son triomphe. Plusieurs Africains gisent à ses pieds, indice qu'une première escarmouche a déjà eu lieu entre les soldats numides. Les Carthaginois occupent l'arrière plan ; Annibal, placé au centre de sa première ligne, tient un étendard à la main pour exciter les siens au combat ; c'est le moment où il vient de faire avancer les éléphants pour couvrir le front de son armée. On en compte sept sur cette toile, deux de grandeur naturelle, portant des tours dont on n'aperçoit que la base ; quatre autres avec des tours chargées de combattants qui font pleuvoir des flèches sur leurs ennemis ; le septième est libre, conduit seulement par son cornac. Scipion, de son côté, se retourne vers un de ses officiers et lui donne l'ordre d'attaquer les éléphants, ordre que celui-ci transmet à haute voix, en s'adressant aux vélites. L'armée romaine suit son général, les vélites ont saisi leurs torches allumées et s'empressent d'exécuter le commandement de leur chef. Les uns se dirigent vers un énorme éléphant blanc qui soulève avec sa trompe l'un des combattants; d'autres sont déjà parvenus à effrayer un de ces animaux qui se retourne en fuyant et renverse sa tour. Ce commencement de désordre témoigne d'un premier succès.

On voit, par ce qui précède, que Jules Romain ne nous fait participer qu'à l'attaque de l'armée carthaginoise, pensée sage et parfaitement raisonnée. Dans un engagement général, les groupes se confondent, l'ordre disparaît, et le peintre peut à son gré devenir inventeur et s'écarter plus ou moins de la vérité historique. Ici, au contraire, nous saisissons d'un coup d'œil toutes les circonstances de ce mémorable événement; un ordre parfait y règne, captive et fixe le regard. Nous sommes pour ainsi dire témoins de ce qui se passe, personne ne cherche le sujet, chacun nomme la célèbre bataille de Zama. Dans cette composition, d'un effet bien calculé, et plus importante encore que la précédente, par le nombre des figures, des chevaux et des éléphants, le peintre a de nouveau déployé toute l'élévation et la variété de son génie, toute l'abondance qu'exigeait une conception aussi capitale.

Haut, 3 mètres 71 cent, Larg. 7 mètres 8 cent.
Ancienne mesure : Haut. 11 pieds 5 p. Larg. 21 pieds 11 p.

Tant que Raphaël vécut, les talents de Jules Romain se confondirent avec ceux de son maître, sa manière s'identifia avec la sienne, il fut son plus utile et son plus illustre collaborateur, celui à qui il confia les parties les plus difficiles de l'art dans les immenses travaux du Vatican. Déjà alors il était un grand peintre, car, après la mort de Raphaël, il fut proclamé le prince de l'école ; mais ce n'est qu'à partir de cette époque qu'il montra le véritable caractère de son talent, qui brilla tout à coup d'une vivacité et d'une énergie qu'on n'avait encore admirées que dans les ouvrages de Michel-Ange. Doué d'un esprit élevé, d'une profonde érudition et d'une imagination toute poétique, personne n'était mieux organisé que lui pour produire de grandes conceptions ; il eut bientôt l'occasion d'en fournir des preuves. Frédéric de Gonzague, prince éclairé et grand protecteur des arts, l'ayant appelé à Mantoue, il reconstruisit comme par enchantement une grande partie de cette ville, et la décora de splendides édifices et de peintures de la plus grande magnificence. Ces travaux gigantesques ne lui coûtèrent que quelques années, dans l'espace desquelles il créa une école qui devint, aussitôt sa fondation, la rivale de celle de Rome.

C'est à cette brillante époque de Jules Romain, lorsqu'il était à l'apogée de sa gloire et de son talent, qu'il exécuta les quatre vastes compositions historiques qui font le sujet de nos cartons, et dont les figures de premier plan ont 6 à 7 pieds de proportion. Elles sont dues tout entières au génie, au pinceau et au crayon de Jules Romain, avantage que n'ont pas les sept cartons de Raphaël de la collection d'Hamptoncourt ; car trois d'entre eux décèlent à n'en pas douter l'habile collaboration de son disciple. Mais ici, nous pouvons l'affirmer, après avoir examiné dans tous leurs détails ces quatre importantes compositions, nulle part nous n'y avons rencontré de ces hésitations, de ces timidités qui indiquent une main étrangère; partout même coup de crayon, même vivacité de touche, même correction dans les contours, même force d'expression : partout cette harmonie, cet ensemble parfait que ne comporte pas la division du travail. D'ailleurs, comme le dit judicieusement M. *Courtois*, le digne émule de Raphaël avait pu souvent associer son pinceau à celui de son maître, mais à son tour, nul de ses élèves n'aurait pu lui être du même secours. Il n'était pas indifférent de le constater par respect pour des œuvres d'un si rare mérite.

Ces belles pages, nous l'avons déjà dit, sont peintes à la détrempe sur du papier, dont le nom italien *Carta*, leur a fait donner le nom de carton. Les cartons exécutés pour la fresque n'exigent pas d'être coloriés, et ne sont le plus souvent tracés qu'au crayon et ombrés par des hachures, tandis que ceux qui servent de modèles pour des tapisseries doivent nécessairement être peints avec soin et coloriés de manière à rendre tout l'effet d'un tableau, afin de diriger les ouvriers dans leur travail. Pour les fresques comme pour les tapisseries, le carton doit toujours être de la grandeur de l'ouvrage que l'on veut faire exécuter. Tâchons maintenant, si cela est possible, de donner une idée de la manière dont Jules Romain s'y est pris pour produire ces peintures. Nous découvrons d'abord que tous les contours, fortement accusés, sont arrêtés au crayon noir et repris au pinceau dans certains endroits, soit pour en relever l'énergie, soit qu'en peignant, le crayon ait fait défaut. Dans d'autres parties, nous remarquons des traits à la plume. La première indication des ombres a été également tracée au crayon, ou accusée par des hachures au pinceau. Le dessin étant ainsi arrêté, le peintre a procédé par des teintes locales plus ou moins lavées, mais toujours assez fortes pour déguiser le crayon ; les demi-teintes sont parfois légèrement gouachées, mais les tons clairs le sont davantage, surtout dans les couleurs brillantes des carnations. Les têtes et les extrémités sont d'un travail admirable, et le beau rendu des détails ne souffre en rien de la hardiesse et de la fermeté du maniement du pinceau. Quant à l'effet général du coloris, il est imprégné pour ainsi dire d'une teinte historique tout en rapport avec la grandeur des sujets.

Tous les auteurs judicieux, qui ont parlé avant nous de Raphaël et de Jules Romain, sont d'accord pour reconnaître que c'est principalement dans la peinture en détrempe qu'on peut apprécier le grand caractère de leurs ouvrages et se faire une idée véritable de la sublimité de leur génie. Cette opinion sera partagée par tous ceux qui ne se laissent pas entraîner aux caprices de la mode et qui restent attachés aux principes et aux traditions du vrai beau. Et, en effet, ce n'est pas en imagination, mais bien réellement, que nous trouvons dans nos cartons tout ce que le dessin le plus fier et le plus correct a produit de plus pur dans le tracé des contours, de plus extraordinaire dans la science des raccourcis; ce dessin indique une étude approfondie des beautés de l'antique et des formes du corps humain. Les têtes sont belles et d'un grand caractère, les expressions d'une vérité et d'une énergie qui vous émeuvent jusqu'au fond de l'âme. Comme les plans sont nettement indiqués et les groupes bien enchaînés! Quelle diversité, quelle dignité dans tous ces personnages! Chacun pris en particulier a le mouvement qui lui convient. La manière de draper est grande et ingénieuse; l'exécution animée est d'une étonnante facilité. Que dire de plus, sinon de répéter que le génie de Jules Romain n'était à son aise et ne se déployait tout entier que dans de vastes conceptions, dans des figures de grande proportion, et que dans de tels ouvrages il balance Raphaël? Pour nous résumer en deux mots, ces quatre cartons sont autant de chefs-d'œuvre qui feront un jour la gloire et l'illustration du Musée qui les possédera.

Fragments de Cartons.

5 et 6 — *Un jugement.*

Deux dessins faisant partie d'un même sujet et représentant un proconsul romain qui préside à un jugement.

Dans le premier, on remarque la tête du proconsul couronnée de lauriers; à ses côtés, deux licteurs portant des faisceaux d'armes, et derrière lui un soldat qui tient son

casque à la main. Dans l'autre, on compte huit figures de
soldats et celle du coupable qui a les mains jointes devant
lui, en posture de suppliant. Il est tourné vers le proconsul qui jette sur lui un regard sévère et scrutateur. Toutes
ces figures sont empreintes d'une expression plus ou moins
prononcée d'attention ou de méditation. Une tente décorée
de draperies sert de fond.

La réunion de ces deux dessins, en complétant le sujet,
produira une œuvre fort remarquable.

7 — *Tête d'expression.*

Celle d'une femme vue de profil et saisie d'effroi. Une
main nerveuse la prend par ses cheveux qui flottent en
désordre et en longues mèches.

8 — *Tête d'expression.*

Celle d'une femme représentée de profil, la tête ornée
de cheveux bouclés ; l'attention et l'étonnement se peignent
sur son visage.

9 — *Tête d'enfant.*

Un jeune enfant tétant le sein de sa mère qu'il presse
de ses deux mains. La tête de la femme manque. — Ces
trois fragments proviennent sans doute d'un Massacre des
Innocents.

10 — *Tête de jeune fille.*

Elle est vue de profil, la tête baissée et le regard fixe devant elle ; ses cheveux, relevés en larges boucles sur le côté, sont couchés à plat sur le sommet de la tête.

JULES ROMAIN (d'après).

11 — *La Galère de Lælius.*

Copie d'une partie du carton représentant le Débarquement de Scipion, décrit sous le n° 1 du Catalogue.

Haut., 2 m. 56 c. Larg., 2 m. 57 c.

DESCRIPTION

DES TABLEAUX

Écoles d'Italie.

CARRACHE (Annibale-Carracci).

12 — *Hercule étouffant Antée.*

Hercule, provoqué à la lutte par le géant Antée, le terrassa trois fois, sans pouvoir le vaincre; car la Terre, sa mère, lui rendait des forces nouvelles chaque fois qu'il la touchait. Le peintre a symbolisé cette renaissance des forces d'Antée par une figure renversée, d'où naissent de vigoureux rameaux de chêne. Hercule s'étant aperçu du secours qui protége son ennemi, le soulève en l'air et l'étouffe dans ses bras : tout annonce dans le demi-dieu une puissance de forces surnaturelles; il lutte sans effort. Sa tête

est couverte d'une peau de lion qui retombe derrière lui.
Antée cherche en vain à se dégager de son étreinte en lui
saisissant le poignet et lui repoussant la tête; une dernière
contraction musculaire agite tout son corps, l'épouvante
fait hérisser ses cheveux, mais déjà ses forces l'aban-
donnent, la pâleur se répand sur ses traits, sa physionomie
exprime toutes les angoisses de la douleur, de la suffoca-
tion et des approches de la mort.

En choisissant ce sujet, Annibal Carrache a eu l'inten-
tion, on ne saurait en douter, de déployer dans un beau
groupe de figures nues toutes ses connaissances en ana-
tomie et dans l'étude des raccourcis. Mais il ne s'en est
pas tenu là, il s'est élevé dans cette simple composition à
une hauteur de style qu'il semble emprunter autant au
beau idéal de l'antique qu'à tout ce que la nature nous
offre de plus parfait. On ne saurait pousser plus loin la
science du modelé, la correction du dessin, la force et la
vérité des expressions et le talent de l'exécution. Sans être
éclatante, la couleur est d'une grande finesse de ton et
fort convenable au sujet. De grandes masses d'ombres et
de lumières, parfaitement distribuées pour faire ressortir
les formes, contribuent encore à l'effet général de cette
grandiose et saisissante peinture.

Toile. — Haut., 2 m. 48 c. Larg., 1 m. 74 c.

PAUL VÉRONÈSE (Paolo Caliari, dit).

13 — *Portraits de deux hommes.*

Ils sont représentés en buste et placés l'un devant l'autre. Le premier est vu presque de face, le front découvert et la tête garnie de cheveux courts et peu fournis. Il porte barbe et moustaches grisonnantes ; son vêtement se compose d'un pourpoint de velours cramoisi, à manches de soie blanche et surmonté d'une collerette à bouillons. A côté et un peu en arrière de celui-ci, apparaît le second personnage, jeune homme à la physionomie caustique et railleuse et d'une tenue un peu négligée.

L'éclat et la chaleur du coloris, la fermeté et le bel empâtement de l'exécution, la force du modelé, la transparence des ombres, la dégradation des teintes et l'animation des chairs, s'accordent dans ces deux belles têtes pour produire cette vérité et cette puissance d'illusion qui saisit dans toutes les peintures d'un ordre supérieur.

Toile. — Haut., 0 m. 45 c. Larg., 0 m. 40 c,

VASSILACCHI (Antonio, dit L'Aliense).

14 — *Sacrifice d'Abraham.*

Abraham ayant conduit son fils sur le mont Garizim, et dressé le bûcher, le lia à un arbre les mains derrière le dos. Isaac attend l'accomplissement du sacrifice. Le patriarche a déjà posé une main sur l'épaule de son fils et saisi son glaive pour l'immoler, lorsqu'un ange, descendu du ciel, lui défend de poursuivre, en lui annonçant que Dieu est satisfait de son obéissance. — Le feu qui devait allumer le bûcher brûle dans un bassin, non loin d'un bélier dont les cornes sont prises dans un buisson. Dans le fond un pays montagneux. On lit au bas du tableau, sur un morceau de rocher : *Ant*. *Vassilachi Aliensis. F.*

L'abbé Lanzi nous apprend que Paul Véronèse congédia l'Aliense de son atelier par la jalousie qu'excita en lui le génie que son élève annonçait pour les grands ouvrages qui exigent de l'imagination. L'Aliense s'attacha ensuite à la manière du Tintoret, et, favorisé par ce maître, il obtint beaucoup de travaux dans le palais ducal et les églises de Venise. Ceci explique pourquoi le tableau qui fait le sujet de cet article a tout l'aspect d'un Tintoret au premier examen et qu'il s'en rapproche de si près par sa couleur chaude et vigoureuse.

Toile. — Haut., 1 m. 78 c. Larg., 1 m. 21 c.

LUINI (Bernadino da Luino).

15 — *La Vierge et l'Enfant-Jésus.*

La Vierge, assise et vue à mi-jambes, soutient l'Enfant-Jésus couché sur ses genoux ; elle abaisse sur lui des regards pleins de sollicitude et d'amour. De son côté, l'enfant sourit à sa mère et tend vers elle ses deux petites mains caressantes. Marie est vêtue d'une tunique rouge, que recouvre un manteau bleu doublé de soie jaune ramené sur ses genoux ; sa tête est couverte d'un voile rejeté en arrière, sous lequel s'échappe sa belle chevelure, dont les mèches ondoyantes encadrent son visage et tombent éparses sur ses épaules. Un rocher, parsemé de plantes et de mousse, sert de fond au tableau.

Malgré des retouches qui nuisent à l'aspect d'une peinture si délicate, l'authenticité n'en est pas moins évidente.

Bois. — Haut., 0 m. 58 c. Larg., 0 m. 50 c.

CARRACHE (Agostino-Carracci).

16 — *La Cananéenne aux pieds de Jésus.*

Lorsque Jésus s'approcha de Sidon, il fut suivi par une femme cananéenne qui lui demanda à grands cris de secourir sa fille possédée du démon. La pauvre mère, à genoux devant le Seigneur, jette sur lui un regard suppliant, et, sans se rebuter des paroles sévères qu'il vient de lui adresser, elle lui répond, en lui indiquant de la main un petit chien qui est à ses pieds : « Les animaux vivent des miettes qui tombent de la table de leurs maîtres. » Jésus paraît touché de la foi de la Cananéenne et prêt à lui accorder la grâce qu'elle demande. Saint Pierre est debout derrière le Sauveur. Ces figures sont placées dans une galerie dallée, sous les ruines d'un ancien péristyle. Dans le fond, de hautes fabriques entourées d'arbres.

L'austérité de cette scène et le caractère des figures répondent dignement à l'élévation du sujet.

Toile. — Haut., 1 m. 33 c. Larg.. 1 m. 2 c.

GENTILESCHI (Orazio LOMI, de).

17 — *Diane revenant de la chasse.*

La déesse des forêts est en marche et se retourne en sonnant de la trompe, comme pour appeler ses compagnes. De la main gauche elle tient son arc et la laisse de son chien qui semble épier ses mouvements. Son carquois est suspendu sur l'épaule gauche; une ample tunique d'un vert rompu se drape, voltige élégamment autour d'elle et laisse à nu ses bras, ses jambes et le haut de son corps. Ses beaux cheveux blonds, retenus en grosses mèches derrière sa tête par un ruban, tombent sur ses épaules et flottent avec grâce au gré du vent. La terrasse du premier plan, se forme d'une route grisâtre, bordée de gazon et d'arbrisseaux ; elle se détache sous un ciel chargé de nuages qui annoncent le déclin du jour.

La tournure de cette figure est svelte et distinguée, le dessin correct et coulant ; une douceur exquise dans le pinceau, une exécution soignée, s'unissent à l'éclat de la couleur et à la belle disposition des draperies ; l'effet du tableau est fort agréable. Van-Dyck a peint le portrait de cet artiste dans sa série des hommes illustres. - - Sur le collier du chien on lit : *Horatius Gent :* le reste de la signature est supposé être tracé par derrière.

Toile. — Haut., 2 m. 24 c. Larg., 1 m. 37 c

SOBLEO ou DESUBLEO (MICHELE).

18 — *Le Christ à Emmaüs.*

Assis à une table couverte d'une nappe blanche et frugalement servie, Jésus-Christ bénit le pain en levant les yeux au ciel. A cette action, ses deux Disciples le reconnaissent et sont saisis d'admiration. Le geste de l'hôtelier, qui est derrière eux, n'indique pas moins de surprise; celui-ci est suivi d'un jeune garçon qui porte une coupe remplie de fruits.

L'étonnement des Apôtres en reconnaissant le Sauveur est représenté très-naturellement; l'attitude du Christ est imposante et grave. On découvre dans cet ouvrage un mélange des styles du Guerchin et du Guide et nous devons le dire, ce tableau fut longtemps attribué au dernier. — Figures à mi-jambes, plus fortes que nature.

Toile. — Haut., 1 m. 55 c. Larg., 2 m. 0 c.

CALABRÈSE (Mattia **PRETI**, dit il).

19 — *Loth et ses filles.*

Tandis que Sodome brûle encore, Loth s'est retiré, avec
ses deux filles, à l'entrée d'une grotte formée par des rochers. Le vieillard, dont l'attitude indique la fatigue, est
assis sur un morceau de roc et tend une main caressante à
l'aînée de ses filles, qui lui présente une boisson géné-
reuse et réparatrice. La cadette verse du vin dans une
coupe d'argent, d'une forme élégante. Dans l'éloignement,
on aperçoit la femme de Loth changée en statue de sel.

Toile. — Haut., 2 m. 20 c. Larg., 2 m. 70 c.

20 — *Un Jugement.*

Une jeune femme amenée devant un tribunal, déchire
ses vêtements et lève au ciel des yeux remplis de larmes.
Cet acte de désespoir étonne le juge et semble émouvoir un
jeune homme assis auprès de lui ; un vieux scribe fixe à
travers un monocle un œil de convoitise sur la poitrine dé-
voilée de la jeune femme ; un autre homme porte, pour
mieux voir, la main à son front.

Toile. — Haut., 2 m. 20 c. Larg., 2 m. 70 c.

21 — *Une Persécution.*

Un tyran, assis sur son tribunal à côté d'un de ses cour-

tisans, force quelques uns de ses sujets à jouer leur vie contre lui sur le hasard d'un coup de dés. Déjà deux des per-
dants de ce jeu cruel sont égorgés sans pitié en sa présence ; cette scène atroce n'attire pas même ses regards.
Tout entier à la partie qu'il tient en ce moment contre un
homme coiffé d'un turban, il lui ordonne de compter les
dés qu'il vient de jeter sur la table.

Toile. — Haut., 2 m. 17 c. Larg., 2 m. 67 c.

Ces trois compositions nous paraissent appartenir à
l'époque où le Calabrèse était encore sous l'impression des
études qu'il fit dans l'école du Guerchin ; beaucoup de
parties rappellent ce maître ; d'autres, sa tendance à s'ins-
pirer des ouvrages du Caravage. Avec de tels guides, Calabrèse ne pouvait nous offrir que des scènes animées, vi-
vantes et d'une action singulièrement accentuée. Les têtes
ont une grande force d'expression et sont bien caractéri-
sées par le jeu et la variété des physionomies. La touche
est énergique, la lumière venant d'en haut, la force des
ombres et des oppositions habilement ménagées, produi-
sent des effets très-vigoureux.

Écoles Flamande et Hollandaise.

REMBRANDT (Paul-Gerretsz, dit Van Ryn).

22 — *Portrait de la sœur de Rembrandt.*

C'est celui d'une jeune personne de vingt à vingt-quatre ans représentée en buste, presque de face et regardant devant elle; sa parfaite ressemblance avec son frère ne saurait la faire méconnaître. Son regard est gracieux, sa bouche vermeille, et l'incarnat de la jeunesse colore son visage. Ses cheveux courts et crêpés laissent à découvert le front, sur lequel retombe de côté une toque de velours noir, ornée d'une rangée de diamants et d'où s'échappe une plume bleue. Un fichu de gaze, qui lui couvre les épaules, est retenu sur son vêtement de soie noire par une chaînette d'or. Des boucles d'oreilles de perles en poire, un collier de grosses perles, deux rangées de diamants dans ses cheveux et une chaîne d'or passée à la ceinture, complètent sa parure.

Ce portrait peint en 1631 ou 1632, rappelle, par le beau fini de son exécution, l'époque ou Rembrandt donnait un soin tout particulier à ses ouvrages, c'est-à-dire ceux qu'il

a produits pendant plusieurs années, après s'être fixé à
Amsterdam. Rembrandt n'avait alors que vingt-cinq à
vingt-six ans, mais son talent s'était déjà élevé au plus
haut degré de l'art : les beaux portraits de *Nicolas Tulp* et
de l'*Homme au Chapeau* de la galerie du cardinal Fesch
sont datés de 1632. Celui de sa sœur est donc un ouvrage
très étudié, d'une touche fondue et caressée, d'une fraîcheur et d'une richesse de tons qui ne le cèdent qu'à la
nature. Malgré la grande finesse du travail, cette tête s'ar-
rondit et se modèle avec une force surprenante, rien n'est
sacrifié à l'effet ; au contraire, tout concourt à faire ressortir la couleur chaude et vigoureuse du maître et à déter-
miner cette illusion de clair-obscur, et cette puissance
d'effet qu'on ne se lasse pas d'admirer dans les tableaux
de *Rembrandt*.

Signé, P. H. R. Van Ryn, 1631 ou 1632. Les lettres ini-
tiales sont entrelacées en forme de monogramme : les deux
dernières lettres du surnom et le dernier chiffre du millésime ont été coupés dans l'opération du marouflage. Cette
même signature se retrouve sur plusieurs autres tableaux
de la première manière de Rembrandt.

Toile marouflée sur bois, forme ovale.
Haut., 0 m. 69 c. Larg., 0 m. 54 c.

23 — *Jonas jeté à la mer.*

Le vaisseau qui portait Jonas ayant été assailli par une
tempête, les matelots accusèrent le prophète de l'avoir at-

tirée sur eux et le jetèrent à la mer pour apaiser la colère de Dieu.

Jonas vient d'être précipité du vaisseau, son corps plonge dans l'espace ; une énorme baleine montre sa tête, soufflant avec violence deux lames d'eau qui jaillissent de ses évents. La mer est agitée par un vent impétueux ; le vaisseau, encore en péril, est balancé par le choc de vagues furieuses et écumantes qui s'élèvent à une hauteur prodigieuse. Cependant une faible lueur d'arc-en-ciel se montre à l'horizon qui commence à s'éclaircir ; un immense rideau de nuages épais s'élève et dégage le ciel comme par enchantement ; un premier rayon de soleil frappe les contours des flots et éclaire vivement le lieu de la scène où se passe l'action principale du sujet : tout le reste est tenu dans l'ombre.

L'illusion est complète : c'est la tempête prise sur le fait pour ainsi dire et transportée sur une toile avec ses vagues écumantes, ses nuages mouvementés et rapides. L'heureux contraste des lumières et des ombres, les tons suaves et vaporeux du ciel, qui s'harmonisent si bien avec la couleur chaude et vigoureuse des premiers plans, rehaussent encore le merveilleux effet de ce tableau, que son sujet seul suffirait à recommander aux amateurs comme une des curiosités de la peinture. On sait, en effet, combien sont rares les tableaux de marines de Rembrandt.

Toile. — Haut., 0 m. 98 c. Larg., 1 m. 30 c.

HALST (Frans).

24 — *Portraits de deux époux*.

Ce sont les portraits de deux honorables négociants d'Amsterdam, représentés à mi-jambes dans leur magasin meublé d'une grande armoire toute remplie de marchandises et d'une table, recouverte d'un tapis vert, sur laquelle sont déposés une paire de lunettes, un livre de comptes et une pièce de linon dans son enveloppe à demi-dépliée. L'homme est debout vu de trois quarts et la tête découverte. Il semble préoccupé par le souci des affaires. Sa main droite appuyée sur la table tient une plume ; sa main gauche, ramenée sur sa poitrine, est soutenue dans une espèce de surtout de satin noir passé sur un pourpoint de même étoffe. Une fraise à gros tuyaux encadre son visage et fait ressortir le ton argentin de sa barbe grisonnante. La femme est assise dans un fauteuil de cuir à clous dorés ; elle retient dans une de ses mains la chaîne d'une loupe montée en argent et abandonnée sur ses genoux ; l'autre repose sur le bras du fauteuil. Sa physionomie est douce et souriante, sa tête est coiffée d'une cornette à barbes pendant sur les oreilles et qui laisse voir des cheveux châtains relevés sur le front. Elle est vêtue d'une robe de satin noir à taille courte et à manches plates serrées aux poignets par d'étroites manchettes ; cette robe est surmontée d'une collerette empesée et plissée à petits tuyaux.

Tous les biographes et Van Dyck lui-même s'accordent à regarder Frans Halst comme l'un des plus grands peintres de portraits. Le mérite du tableau que nous signalons est d'une telle supériorité qu'il suffirait à confirmer ce jugement parti de si haut. En jetant les yeux sur cette belle peinture, on ne cherche pas le nom du maître, l'admiration est plus forte que la curiosité ; c'est l'impression qu'elle a produite sur tous ceux qui l'ont vue avec nous. L'illusion est si grande qu'en considérant un instant ces deux figures, on croit qu'elles s'animent et respirent, tant elles frappent par leur étonnante vérité.

Toile. — Haut., 1 m. 39 c. Larg., 1 m. 13 c.

NETSCHER (Gaspar).

25 — *L'Amateur de roses.*

C'est une charmante petite fille au minois gracieux et plein d'intelligence, qui se présente de face, la tête un peu inclinée à gauche, relevant devant elle son tablier de gaze chargé de roses parmi lesquelles elle a choisi la plus belle, qu'elle porte à la main. Elle vient de les cueillir dans un jardin qu'on aperçoit au-dessus d'une balustrade ornée d'un bas-relief représentant des jeux d'enfants, et traverse une galerie à pilastres décorée d'une draperie de velours cramoisi et d'un tapis de pied en moquette. Un petit air réfléchi, qui ne mésied pas à ses yeux malins, intéresse on ne peut plus vivement à cette enfant, qu'on ne se lasse pas de regarder. Sa riche toilette est d'un goût exquis et d'une brillante élégance; ses cheveux blonds, séparés en bandeau sur le front, se détachent sous un petit bonnet de mousseline brodée, garni aux oreilles de deux touffes de rubans crêpés, qui relèvent encore le caractère piquant de ses traits mutins. Elle porte une robe de satin blanc, dont le corsage, serré sur la poitrine, s'ajuste à une jupe ample et traînante, à des manches courtes et tailladées ; la doublure de cette robe, l'écharpe qui l'entoure, et le petit nœud de ruban fixé au corsage, sont de soie écarlate et rehaussent singulièrement l'éclat du satin. Cette parure n'enlève rien à la blancheur de ses bras potelés, et de son cou mignon, qu'entoure un collier de perles fines.

Cette délicieuse peinture est un de ces morceaux de choix qui réunissent dans un petit espace toutes les qualités et toutes les perfections qu'on admire dans un grand peintre. Jamais pinceau de maître n'a joint une touche plus étincelante à une exécution plus délicate et d'un goût plus exquis ; l'éclat de la couleur est tempéré par une douce et suave harmonie. Le satin et les étoffes sont rendus avec un fini merveilleux ; l'illusion ne saurait être poussée plus loin. La morbidesse et la fraîcheur de la carnation ne seraient pas plus surprenantes dans le meilleur ouvrage de Van-Dyck ; c'est donc un de ces petits chefs-d'œuvre qui sont les perles et les joyaux des collections où ils brillent.

Bois. — Haut., 0 m. 31 c. Larg., 0 m. 23 c.

SEGHERS (Daniel).

26 — *L'Amour de Jésus.*

Sujet emblématique orné de fleurs.

Dans un cartouche d'une élégante architecture et peint
en grisaille, sainte Thérèse est représentée s'agenouillant
devant le Christ, qui lui apparaît sur des nuages, entouré
d'anges et de chérubins. Elle reçoit d'un ange qui plane
dans l'air une couronne d'épines, emblème des souffrances
de la vie; un autre ange, debout devant elle, lui présente
une couronne royale, insigne de la gloire qui l'attend dans
les cieux.

Une guirlande de roses variées de couleur et entrelacées
de chardons et autres plantes épineuses, est suspendue par
deux branches d'oranger aux ornements qui couronnent le
médaillon. Une seconde guirlande, plus grande que la première, et disposée avec élégance en trois bouquets, décore
la base du médaillon dont elle recouvre une partie des ornements. Ainsi que la précédente, elle se compose de roses
de toutes les espèces auxquelles se mêlent le datura, le
houx, l'épine-vinette, la prunelle bleue, la bourrache et
une branche de mûres, toutes plantes symboliques mêlées
de fleurs et d'épines, et dont le choix ingénieux se rattache
au sujet du médaillon.

Le goût exquis qui a présidé à l'arrangement de ces fleurs
décèle une grande facilité d'invention, car, malgré ses ri-

ches détails, cette composition n'est pas surchargée. Toutes les fleurs se groupent ensemble, sans confusion et de manière à faire ressortir l'une par l'autre la variété infinie de leurs nuances et l'éclat de leurs couleurs. Ces couleurs ont conservé toute la pureté virginale de leurs teintes, et le temps ne leur a pas fait subir la moindre altération. Ajoutons que l'habile distribution de la lumière contribue encore à les faire valoir, que l'harmonie est parfaite et l'exécution d'une délicatesse achevée.

Toile. — Haut., 1 m. 29 c. Larg., 0 m. 97 c.

RUYSDAEL (Jacques).

27 — L'entrée d'une forêt.

Des troncs d'arbres renversés ou dépouillés de leurs branches, des plantes et des arbrisseaux, tapissent le pied d'un vieux chêne élevé au détour d'un chemin qui part du premier plan et s'enfonce dans la forêt. Un homme, conduisant une charrette attelée d'un cheval blanc, débouche de ce chemin dans un endroit frappé d'un rayon de soleil ; ce coup de lumière contraste heureusement avec la verdure des arbres touffus qui occupent les fonds de la composition. Un vieillard et une mendiante avec trois enfants, assis au bord de la route, attendent la charité des passants. De sombres nuages roulent dans l'atmosphère et projettent de grandes ombres sur le paysage ; mais une partie du ciel conserve sa clarté et reflète les jets dorés de la lumière provenant des rayons qui traversent les nuages ; cette belle opposition produit un effet très-piquant et très-pittoresque.

Ce paysage est d'une couleur vigoureuse et très-étudiée dans tous les détails, la touche vive et spirituelle, les arbres d'une belle forme et bien dessinés, le ciel admirable par le mouvement de ses nuages et l'air qui circule partout ; le site est simple et se présente aux yeux avec la vérité d'aspect d'un endroit qu'on a déjà visité ; et c'est précisément pour cela qu'il retrace une fidèle image de la nature (Signé).

Bois. — Haut., 0 m. 55 c. Larg., 0 m. 41 c.

MIREVELT (PIERRE).

28 — *Portrait d'homme*.

A sa contenance assurée, à son air de distinction, on reconnaît dans ce portrait un personnage de noble origine. Il est vu debout et à mi-jambes, tenant ses gants dans la main droite qui est appuyée sur la hanche et posant nonchalamment la main gauche sur une table recouverte d'un tapis qu'il pince dans ses doigts. Sa tête découverte laisse voir ses cheveux châtains relevés sur le front et tombant à plat sur les côtés ; sa moustache est blonde ainsi que la touffe de barbe qui orne son menton. Suivant la mode du temps, il est vêtu d'un pourpoint de satin noir broché sur lequel se détache une fraise garnie de dentelle et de manchettes relevées ; son manteau est rejeté derrière lui.

On admire dans ce portrait un pinceau plein de douceur et de suavité ; la tête et les mains sont très étudiées, les étoffes et tous les détails sont soigneusement rendus, mais sa qualité la plus séduisante, c'est son parfait n   rel.

Ce portrait porte le monogramme P. M. et le millésime 1625.

Bois. — Haut., 1 m. 7 c. Larg., 0 m. 87 c.

RUBENS (PIERRE-PAUL).

20 — Cyparisse.

Ce jeune homme aimé d'Apollon vient par mégarde de blesser mortellement son cerf familier. Penché sur son corps, il se livre à tous les regrets que lui cause la perte de cet animal auquel il était fort attaché. Le cerf paraît comprendre toute la douleur de Cyparisse et répond à ses caresses. Cette scène se passe sur un terrain ombragé par un buisson.

Touche pétillante, légèreté de pinceau, fraîcheur et harmonie de teintes, cette délicieuse petite esquisse résume dans leur quintescence, pour ainsi dire, toutes les séductions de la palette de Rubens. Peinte d'un jet, elle rend l'inspiration réalisée du maître dans toute la verve de sa pensée première.

Bois. — Haut., 0 m. 11 c. Larg., 0 m. 21 c.

BOSSCHAERT (Thomas WILLEBORTS, dit).

30 — *Portrait de Bosschaert.*

Debout devant son chevalet, il a déjà saisi sa palette, ses pinceaux et son appui-main; on lit dans son regard intelligent la préoccupation de la composition qu'il médite. Sa tête nue, et tournée un peu de côté, est encadrée dans ses longs cheveux châtains qui tombent en désordre sur ses épaules. Sa mise est également simple et négligée; elle consiste en une petite jaquette d'un brun verdâtre boutonnée jusqu'en haut et accompagnée d'un pantalon de même étoffe. Un large col de chemise se rabat sur son vêtement.

Ce portrait est habilement traité et d'un excellent ton de couleur; il brille particulièrement par la vivacité de l'expression, l'animation des chairs et son bel effet.

Toile. — Haut., 0 m. 77 c. Larg., 0 m. 67 c.

CHAMPAIGNE (Philippe de).

31 — *Jésus rendant la vue aux aveugles.*

Jésus-Christ opéra plus d'une fois les mêmes miracles; plus d'une fois, dans des circonstances semblables, il guérit les estropiés, rendit la parole aux muets et la vue aux aveugles. C'est pourquoi nous ne suivons pas la tradition ordinaire en désignant ce sujet sous le titre des *Aveugles de Jéricho*, ne retrouvant rien ici qui rappelle cette ville, située dans une plaine fertile à 60 stades du Jourdain. D'ailleurs, le Poussin, Lesueur et autres peintres qui ont traité le même sujet, se conformant à l'Évangile, placent cette scène à la sortie de la ville, tandis que Philippe de Champaigne nous transporte sur une colline qui domine tout un vaste pays montagneux. Après cette courte digression, nous nous bornerons à suivre le peintre dans sa composition.

Sur une colline formée d'énormes blocs de rochers et ombragée d'arbres touffus auxquels se mêlent quelques palmiers, Jésus-Christ marche au milieu de ses Apôtres et de nombreux disciples. A son approche, deux aveugles qui se trouvent sur son passage se sont agenouillés : les bras étendus vers lui, ils implorent sa divine assistance. Le Sauveur s'est arrêté et lève la main comme pour accomplir le miracle qu'il veut opérer. Une multitude de peuple, au milieu duquel on remarque un paralytique porté sur un brancard, se presse sur son passage. Un fleuve baigne le pied de la colline; un pont jeté sur ce fleuve conduit à une ville entourée de murailles crénelées et défendues par des tours. C'est sans doute Capharnaüm baignée d'un côté par le Jourdain qui se jette dans le lac de Génézareth; le Christ y faisait sa résidence habituelle. Cette ville est située au pied d'une montagne aride, coupée à pic et couronnée d'habitations; elle domine elle-même une belle chaîne de montagnes azurées qui s'élèvent à l'horizon.

Ce paysage, d'un aspect grandiose et savamment composé, est exécuté avec beaucoup de simplicité, sans aucune recherche de touche ; la fraîcheur et la suavité de son coloris flattent les regards. Les figures sont bien posées, drapées avec goût et ne manquent pas de dignité. Plus on examine ce tableau dans ses détails, et plus on y découvre les qualités qui faisaient rechercher autrefois les ouvrages de ce peintre, devenus très-rares aujourd'hui. Celui-ci est sans contredit une de ses meilleures productions.

Toile. — Haut., 1 m. 4 c. Larg., 1 m. 42 c.

SNEYDERS (François).

32 — Un Garde-manger.

Un lièvre, un faisan, un coq de bruyère, une perdrix rise, une bécassine et d'autres petits oiseaux, tels que grive, bouvreuil, chardonneret, pinson, etc... se groupent avec un melon d'eau sur une table de pierre. A coté de ces produits de chasse se trouvent une pile de vases de faïence, une corbeille de raisins déposée dans une bassine, et une autre corbeille d'osier dans laquelle deux jeunes pigeons pattus sont venus se percher sur des asperges et des artichauts. On y remarque encore plusieurs verres, dont un à vin du Rhin, une coupe de cristal, une cruche de grès, et enfin un coq et sa poule qui se becquettent.

Pour les sujets de chasse et les combats d'animaux, Sneyders est le premier de tous les peintres : dans celui-ci, il égale Le Cuyp par l'énergie de l'exécution et la vigueur du coloris, et il ne le cède en rien à Wéenix par la vérité et le beau rendu des détails. Quand un tableau est d'un mérite aussi supérieur, l'éloge devient presque impossible ; il est de ceux qui forcent l'admiration. — *Signé :* F. SNEYDERS, 1632.

Bois. — Haut., 0 m. 97 c. Larg., 1 m. 26 c.

33 — *Deux Singes jouant au tric-trac.*

Ils sont assis vis-à-vis l'un de l'autre, sur une table recouverte d'un tapis rouge, et semblent agités par les émotions de leur partie. L'un s'apprête à jeter les dés et paraît assuré de sa réussite ; son adversaire pose une patte sur les dames et porte l'autre à son front en signe de tristesse et d'hésitation ; tous deux ont l'air de s'interpeller avec colère. Leurs physionomies comiques, leurs gestes animés donnent à cette scène l'intérêt et l'esprit d'un apologue.

Il était impossible de rendre d'une manière plus plaisante et avec plus de vérité le caractère et les allures de ces deux joueurs de nouvelle espèce. N'ayant pas à faire briller ici une profusion de détails comme dans le tableau précédent, le peintre s'y laisse entraîner à une vigueur de coloris, à une exécution d'une énergie sans égale.

Toile. — Haut., 0 m. 88 c. Larg., 1 m. 25 c.

RAVESTEIN (Jean Van).

34 — *Portrait de Femme.*

Elle est déjà d'un certain âge, mais bien conservée et d'un teint plein de fraîcheur. Vue en buste et de trois quarts, sa tête est couverte d'un bonnet rond garni sur le devant d'une riche dentelle et ornée au-dessus d'un agrément en soie noire, d'où retombe une espèce de rabat qui descend sur le milieu du front. Son visage est encadré dans une collerette plissée à gros tuyaux, qui se détache sur une robe de soie noire agrafée par une chaînette d'or.

Des ombres légères, des lumières douces et des tons pleins de fraîcheur, donnent à ce portrait un grand aspect de vérité ; il se recommande encore par le bel empâtement d'une touche grasse et facile.

Bois. — Haut., 0 m. 59 c. Larg., 0 m. 51 c.

JORDAENS (Jacques).

35 — *Suzanne et les Vieillards.*

La scène se passe dans une salle de bain découverte, d'une belle architecture et décorée d'une statue représentant un génie des eaux appuyé contre un dauphin et soufflant par une conque l'eau qui jaillit dans un bassin de marbre. Un paon est perché sur le piédestal d'une colonne, une aiguière et son bassin en or, d'une riche ciselure, sont déposés à terre. Suzanne, vient de sortir du bain ; surprise par les deux vieillards qui la dépouillent de ses vêtements, elle se retourne avec précipitation , en ramenant contre son sein une draperie rouge sur laquelle elle était assise. Elle reste entièrement nue, les jambes croisées, le corps replié sur lui-même. Un petit chien blanc aboie contre l'un des vieillards.

Il est impossible de mieux peindre les chairs : elles pal-

pitent et ont la morbidesse et la fraîcheur des plus floris-
santes carnations de Rubens. Tout est, dans ce tableau, d'une
vérité surprenante, tout respire, tout est animé. L'importance de cette composition lui donne, en outre, une grande
valeur dans l'œuvre du maître.

Toile. — Haut., 2 m. 31 c. Larg., 1 m. 72 c.

CAPELLE (Jean Van).

36 — Une Marine.

La surface des eaux offre un calme parfait et réfléchit de
tous côtés les teintes grisâtres et argentées d'un ciel chargé
de nuages légers et lumineux. Un vaisseau hollandais à trois
mâts vient de jeter l'ancre à l'entrée d'une rade. Son canot,
conduit par six rameurs, vient de s'en détacher ; il porte
un officier chargé sans doute de se rendre au port qu'on
aperçoit dans l'éloignement. Une autre petite barque cingle
du côté opposé.

Le tableau se recommande par la limpidité et la transparence des eaux, leur harmonie avec le ciel, la belle entente de la perspective, la profondeur de l'air, et surtout
par sa couleur brillante et vraie.

Bois. — Haut., 0 m. 37 c. Larg., 0 m. 31 c.

VLIET (Henry Van).

37 — Intérieur d'un Temple protestant.

La vue en est prise au milieu de la grande nef, vis-à-vis
de l'orgue et de sa tribune ; plus loin apparaît l'entrée de

l'église avec sa porte principale. La chaire, le banc des mar-
guilliers et d'autres bancs réservés décorent les côtés de la
nef. Des écussons armoriés sont suspendus aux colonnes
entre lesquelles on découvre les bas-côtés. La voûte en plein
cintre est construite en bois comme dans presque tous les
édifices de style roman. De jolies figures, habilement distribuées, circulent partout dans cette vaste enceinte comme
pour en marquer les distances.

Le jour, qui éclaire l'édifice, produit deux effets diffé-
rents : d'un côté, une clarté douce colore les objets d'une
légère teinte grise, transparente et vaporeuse ; de l'autre,
les rayons du soleil, en pénétrant à travers les vitraux, se
jouent sur les dalles et sur les colonnes, les jaspent et les
frappent avec plus ou moins de vivacité. L'effet qui en ré-
sulte, joint à la justesse de ton et à la savante entente de
perspective aérienne, est d'une telle vérité qu'on se croit
réellement transporté dans l'intérieur de cette église. —
Signé : H. VAN VLIET, 1657.

Toile. — Haut., 0 m. 55 c. Larg. 0 m. 48 c.

EECKHOUT (GERBRANDT VAN DEN).

38 — *L'Ange saluant Tobie.*

Tobie, étant devenu aveugle, se décida à envoyer son fils
à Ragès pour retirer les dix talents qu'il avait prêtés à Ga-
bélus. L'ange Raphaël se présente devant lui d'un air res-
pectueux et se propose pour accompagner le jeune Tobie,
debout derrière eux, attentif à ce qui se passe. Le pieux

vieillard porte la barbe, de longs cheveux blancs et un vêtement à l'orientale ; l'ange a le bras gauche entouré d'un
serpent, symbole de la prudence. — Le paysage est éclairé
au crépuscule du soir.

Exécution, couleur et effet tout-à-fait rembranesques.

Toile. — Haut., 0 m. 55 c. Larg., 0 m. 45 c.

SANTVOORT (DIRK VAN).

39 — *Portrait d'un jeune Enfant.*

Son petit air décidé et la badine de bambou qu'il tient à
la main annoncent un garçon ; sans ces indices, il serait
permis de s'y méprendre, car il est d'un âge si tendre qu'il
joue encore avec un hochet retenu à son corsage par une
chaîne d'or. Il est entièrement habillé de blanc : camisole
et jupon de piqué, fichu et tablier en batiste, béguin
brodé, le tout garni de fines dentelles. La plume qui orne
son bonnet et le manteau qui retombe derrière ses épaules,
sont de la même couleur. Ses souliers rouges et le nœud
de ruban rouge de son collier à deux rangées de grosses
perles, relèvent cette blancheur uniforme de son costume.

Tout est vrai et naïf dans cette figure d'enfant, qui est
l'œuvre d'un peintre dont aucun biographe ne fait men-
tion. — *Signé* : D. V. SANTVOORT. F., 1641.

Toile. — Haut., 1 m. 18 c. Larg., 0 m. 87 c.

RYSBRAECK ou RYSBREGTS (PIERRE).

40 — *Paysage.*

Au milieu d'un vaste pays montagneux et boisé, de belles fabriques, dominées par une ancienne tour, sont pittoresquement assises sur des rochers semés d'arbustes, de chaque côté d'un torrent traversé par un pont. Ce torrent se précipite, d'une hauteur prodigieuse, dans un bassin où ses eaux s'écoulent en une nappe limpide ; puis, reprenant leur cours à travers les rochers, elles se répandent en une nouvelle chute dans un ravin qu'elles ont creusé au premier plan. De hautes montagnes se détachent à l'horizon sur un ciel lumineux.

Tolle. — Haut., 0 m. 98 c. Larg., 1 m. 51 c.

HOECK (JEAN VAN).

41 — *Portraits d'Enfants.*

Ils sont trois ; d'abord se présente un gros poupard de quatre ans, au teint fleuri, à l'air insouciant, habillé d'une espèce de tunique de soie blanche, ornée de galons verts et surmontée d'un large col de chemise bien empesé. Vient ensuite une petite fille de sept ans environ, à la physionomie fine et éveillée. Elle est parée d'une robe de velours rouge brodé d'or, sur laquelle se rabat un col garni de dentelle. Ses cheveux blonds tombent à plat sur son front et s'échappent d'une petite coiffe de velours semblable à celui de la robe et rejetée en arrière. Le plus âgé de ces enfants, jeune garçon de huit à neuf ans, aux traits enjoués et espiègles, est vêtu d'un surtout de soie jaune à galons d'or que relève encore une ample collerette à cinq rangs garnis de dentelle.

La santé et la vie resplendissent sur le visage de ces trois enfants ; les carnations respirent la fraîcheur de la palette de Rubens. — Ce tableau porte le millésime de 1621.

Bois. — Haut. 0 m. 46 c. Larg., 0 m. 38 c.

HOLZER (Johann).

42 — *Le Retour de l'Enfant-Prodigue.*

Il est à genoux sur la première marche du palier de la maison paternelle, demandant pardon à son père qui lui tend les bras. Derrière le père on remarque une vieille femme et une jeune fille qui paraît heureuse de l'accueil que reçoit son frère.

Bois. — Haut., 0 m. 20 c. Larg., 0 m. 12 c.

Œcole Française.

POUSSIN (Nicolas).

43 — *Thésée découvrant les armes d'Égée.*

Lorsque Thésée, parvenu à l'âge viril, eut montré qu'à
la force du corps il joignait la sagesse et la prudence, Éthra,
sa mère, le conduisit dans l'endroit où Égée avait déposé
les signes qui devaient lui révéler le secret de sa naissance,
et lui ordonna de soulever la pierre qui cachait ce précieux
dépôt. Thésée lève facilement la pierre, et déjà on aperçoit
l'épée, la couronne et le casque qu'elle recouvrait. Éthra,
appuyée sur l'épaule d'une jeune fille, suit du geste et du
regard l'action du héros; elle est drapée dans un grand
manteau bleu, la tête couverte d'un voile. Rien de plus
gracieux et de plus sévère à la fois que l'ajustement et l'attitude de la jeune esclave vêtue d'une tunique jaune qui
laisse à nu ses bras et ses jambes. Le lieu où se passe cette
scène est décoré de deux anciens édifices à demi ruinés,
d'une imposante et magnifique architecture. Entre les colonnes et à travers les arcades de ces monuments, on dé-

couvre une chaîne de montagnes qui se détachent à l'horizon sur un ciel éclairé par le chaud crépuscule d'un soleil couchant.

Cette scène serait peinte d'après nature que l'action ne présenterait pas un caractère plus prononcé de vérité, tant elle rappelle l'antiquité par sa simplicité austère et son aspect silencieux. Le Poussin ne peignait pas seulement ses tableaux, il les pensait. L'impression première qu'ils font éprouver au spectateur, est toujours forte et pénétrante, et la réflexion l'augmente encore, en lui dévoilant toute la sagesse et toute la sublimité des idées du maître. Cet ouvrage est de sa plus grande manière et de sa plus belle exécution. On y admire ce grand style de dessin qu'il avait puisé dans l'étude de l'antique, le beau choix des figures, la dignité de leurs attitudes, la justesse noble et parlante de leurs expressions. Les draperies sont d'un grand goût et jetées avec cette science de plis et d'ajustements qui le distingue entre tous les maîtres. Le fond d'architecture est d'une grandeur imposante et désigne clairement le lieu de la scène. C'est-là en un mot une des belles pages du peintre de l'*Arcadie*, du *Phocion* du *Testament d'Eudamidas* et de tant d'autres chefs-d'œuvre.

Toile. — Haut., 1 m. 02 c. Larg., 1 m. 30 c.

44 — *Martyre de saint Erasme.*

Tout le monde connaît la composition de ce chef-d'œuvre. Nous en signalons ici la première pensée, ou plutôt l'esquisse rendue, plus frappante, peut-être par la dimension même où le peintre s'est renfermé, que la grande toile qu'on admire maintenant au musée du Vatican. Dans ce petit cadre, le Poussin a déployé plus d'énergie, plus d'effet, et rendu même avec avantage tout le pathétique de son sujet.

Toile. — Haut., 0 m. 67 c. Larg., 0 m. 53 c.

BOURDON (Sébastien).

45 — *Fuite en Égypte.*

La Sainte Famille traverse pendant la nuit un pays rocailleux et d'un accès difficile. Saint Joseph conduit l'âne par la bride; la Vierge marche à côté, portant l'Enfant Jésus emmaillotté et endormi dans ses bras. Marie est enveloppée dans un long manteau bleu sur lequel retombe un voile jaunâtre qui lui couvre la tête.

Sébastien Bourdon se rapproche de très-près, dans cet ouvrage, du grand style de Nicolas Poussin, autant par la simplicité de l'ordonnance de sa composition que par le caractère des têtes et le bon goût des draperies. La couleur est douce et légère, le pinceau d'une suavité exquise, et l'effet piquant et harmonieux.

Toile. — Haut., 0 m. 39 c. Larg., 0 m. 30 c.

BOUCHER (François).

Quatre tableaux représentant les quatre Saisons, figurées par des scènes champêtres.

46 — *Le Printemps.*

La saison des fleurs nous apparaît dans ce tableau sous les traits d'une gracieuse jeune fille assise à l'ombre d'un grenadier, dont un enfant cherche à atteindre les fleurs, en s'élevant sur un vase d'où s'échappe une branche de lilas. Elle sourit à un petit espiègle penché sur son épaule, qui semble lui demander un bouquet de pervenches qu'elle tient à la main. Un chapeau de soie rose noué sous le menton, une robe de la même étoffe relevée sur un jupon blanc rayé de bleu, composent sa parure, d'un goût champêtre et élégant à la fois. Ces figures sont placées sur la terrasse d'un jardin entouré d'un treillage et garni d'une profusion de fleurs printanières.

Toile. — Haut., 0 m. 81 c. Larg., 1 m. 05 c.

47 — L'Été.

Une jeune femme à demi vêtue, la tête enveloppée dans un mouchoir disposé à la Fanchon, est nonchalamment couchée au bord d'un ruisseau. Elle retient d'une main un enfant assis par terre, qui trempe dans l'eau le bout de son pied ; un autre enfant se roule sur la verdure, en jouant avec un melon qu'il tient dans ses deux mains. L'attention de la jeune femme est attirée par un oiseau perché au bord de sa cage, et qui semble prêt à s'échapper ; cette cage est suspendue à un arbre dont l'épais feuillage ombrage toute la composition. L'abandon des poses, la richesse de la végétation, la couleur lumineuse répandue sur tous les objets, caractérisent parfaitement la saison figurée par cette gracieuse allégorie.

Toile. — Haut., 0 m. 81 c. Larg., 1 m. 05 c.

48 — L'Automne.

Cette saison ne saurait être mieux représentée que par cette jeune fille assise au milieu d'une vigne tenant des deux mains les raisins qu'elle vient de cueillir. Elle se retourne pour regarder un enfant endormi auprès d'elle dans l'attitude de l'ivresse. A sa gauche, un autre enfant à genoux mord à même les grappes d'un cep accablé de son fruit. Notre charmante jeune fille est vêtue d'une robe jaune relevée sur une jupe blanche. Ses cheveux blonds, maintenus sur le sommet de la tête par des rubans roses, tombent négligemment sur ses épaules. Le paysage se détache sur un ciel éclairé au soleil couchant.

Toile. — Haut., 0 m. 81 c. Larg., 1 m. 65 c.

49 — *L'Hiver.*

Le gracieux génie de Boucher n'a pu se résoudre à figurer la saison du froid sous les austères apparences que lui donne ordinairement la peinture ; il l'a représentée sous la figure d'une jeune fille de quatorze à quinze ans qu'un faux-pas vient de faire tomber sur la glace, et qui se retient à terre de ses deux mains échappées de son manchon. Toutefois, son joli visage exprime plutôt la stupéfaction que l'effroi ; elle semble tout ébahie de sa chute. Deux petits patineurs à la mine railleuse cheminent lestement, la montrent du doigt et la saluent d'un air moqueur en passant à côté d'elle. Dans sa chute, sa robe ponceau s'est relevée sur une jupe couleur gorge-de-pigeon ; de longs gants de peau garantissent ses bras du froid ; un camail de soie grise lui recouvre la tête, vient se nouer sous le menton et descend sur ses épaules. Les physionomies fraîches et roses de ces trois enfants ressortent avec bonheur sur le fond brumeux et neigeux du ciel.

Toile. — Haut., 0 m. 81 c. Larg., 1 m. 65 c.

On retrouve dans ces quatre compositions l'imagination riante, vive et féconde de Boucher. Leur poésie champêtre, la grâce naïve et touchante des figures, la souplesse et l'élégance de leurs attitudes, les classent parmi les plus heureuses productions de cet aimable artiste. Les chairs ont une fleur de coloris d'une délicatesse toute juvénile ; les draperies offrent des teintes pures et brillantes, employées avec une hardiesse qui n'exclut jamais le goût et l'agrément. Les paysages sont frais, lumineux, faciles, disposés dans un goût de décoration très-pittoresque et merveilleusement appropriés à la nature des sujets. Partout la touche est rapide et piquante, et en même temps d'une séduisante douceur. On a enfin rendu une tardive justice à ce peintre si original et si charmant, qui s'est créé un genre à part entre tous les autres. Il est donc inutile d'insister sur l'importance de ces quatre tableaux, qui résument toutes les grâces et toutes les coquetteries de sa manière.

50 — *Jupiter et Calisto.*

Jupiter, sous la figure de Diane, séduit la nymphe Calisto, qui se livre innocemment à ses caresses. Le dieu et la nymphe sont assis sur le croissant lumineux de la lune qui répand sur eux une vive clarté, empreinte d'une

— 53 —

teinte nacrée et argentine, reflétée sur toutes les parties
du paysage. Derrière le croissant, on aperçoit l'aigle familier du roi des dieux.

Toile. — Haut., 0 m. 78 c. Larg., 1 m. 72 c.

51 — *Céphale et Procris.*

Céphale, penché sur Procris, étendue à demi-nue à
l'ombre d'un feuillage épais, retire de son sein la flèche
dont il vient de la frapper par mégarde. La jeune victime
se retourne vers lui et semble lui pardonner du regard.

Toile. — Haut., 0 m. 78 c. Larg., 1 m. 72 c.

Boucher n'a jamais mieux su revêtir de décence les
images de la volupté, tout en faisant détacher les figures
sur des fonds lumineux, vagues et transparents. Sans être
précisément de la même dimension que les quatre précé-
dents, ils en complétaient la série et décoraient les mêmes
appartements. Il serait très-difficile, aujourd'hui que les
moindres productions de Boucher sont si avidement recher-
chées par les amateurs, de retrouver une réunion de cet
ensemble et de cette qualité. La conservation est parfaite.

RAOUX (Jean).

52 — *La Jeune fille au Miroir.*

Vue à mi-corps, cette gracieuse jeune fille se regarde
dans un miroir qu'elle tient dans ses mains. Son visage
coloré du plus suave incarnat, s'anime encore par un

imperceptible demi-sourire, qui exprime une innocente coquetterie. Elle porte un corsage rose décolleté, lacé sur le devant, et dont la pointe se perd dans l'ampleur des plis d'une robe orange ; ses bras demi-nus sortent de manches bleues, larges et bouffantes. Un collier de perles entoure son cou ; un petit bouquet de fleurs est fixé dans ses jolis cheveux blonds enroulés sur les côtés et relevés sur le front de manière à se réunir en nattes sur le sommet de la tête.

L'ajustement de ce costume est d'un goût infini et ajoute un charme de plus au brillant coloris de cette peinture, qui est d'une suavité admirable. Le visage de cette jeune fille, qu'il eût été impossible d'imaginer plus séduisant, est cependant tout-à-fait dans la demi-teinte, mais il se reflète des tons dorés et transparents d'une lumière invisible qui produit un de ces effets doux et piquants que Raoux savait si bien rendre.

Toile. — Haut., 0 m. 82 c. Larg., 0 m. 65 c.

BAPTISTE (Jean-Baptiste MONNOYER, dit).

53 — *Fleurs et Fruits.*

Deux riches aiguières et un bassin en or d'une admirable ciselure, un vase d'argent, une corbeille remplie de raisins rouges et blancs, et d'autres fruits, se groupent sur un tapis de soie bleue relevé négligemment sur une table de pierre. Des pommes, un citron et une grenade ouverte, sont encore déposés sur cette table à côté d'un vase en terre jaune d'où s'échappe un élégant bouquet de fleurs. Une draperie de couleur violacée est suspendue avec goût au dessus de ces objets.

La plupart des ouvrages de Baptiste, lui ayant été commandés pour servir de décorations, sont traités d'une manière expéditive ; celui-ci, au contraire, rivalise par le soin apporté à son exécution avec les meilleurs tableaux de fleurs et de fruits de l'école hollandaise, et il se distingue par le luxe et l'élégance de sa composition.

Toile. — Haut., 0 m. 98 c. Larg., 1 m. 24 c.

VOUET (Simon).

54 — *La Mort de Didon.*

Didon, désespérée de l'abandon d'Énée, vient de se donner la mort avec un poignard qu'elle tient encore à la main. Renversée sur le bûcher préparé par ses ordres, elle tombe défaillante dans les bras de *Barcé*, et lève vers le ciel ses derniers regards. Anne, sa sœur bien-aimée, se jette à ses pieds dans une attitude éplorée. Iris, pour dégager son âme des liens de son corps, coupe le cheveu fatal qui la retient encore à la vie. — La même composition a été exécutée en grand par Simon Vouet.

Toile. — Haut., 1 m. 16 c. Larg., 0 m. 90 c.

LE MAIRE (H.).

55 — *Intérieur d'église gothique.*

La vue en est prise dans une nef latérale, décorée de magnifiques tombeaux. De là, le regard plonge sous de vastes voûtes en ogive jusque dans l'intérieur du chœur dont on aperçoit les stalles. Parmi les curieux qui admirent l'élégante architecture de ce vaste monument, on remarque un gentilhomme qui fait l'aumône à un pauvre.

L'auteur de ce tableau doit être mis sur la ligne des premiers peintres d'architecture, par sa connaissance approfondie de la perspective linéaire et aérienne, sa parfaite entente des effets et l'habileté d'une exécution qui brille par une touche ferme et facile, un pinceau agréable et nourri. — Signé H. LE MAIRE, 1726.

Toile. — Haut., 1 m. 02 c. Larg., 0 m. 81 c.

INCONNUS.

56 — *Parabole des ouvriers de la vigne.*

Le cultivateur désigné par la parabole vient de distribuer le salaire aux ouvriers de sa vigne. Deux des vignerons qui avaient supporté les fatigues et la chaleur de la journée entière, murmurent hautement de ne pas recevoir davantage que ceux qui sont arrivés les derniers. Le bon père de famille se retourne vers l'un d'eux et lui adresse ces paroles de l'Évangile : « Mon ami, je ne vous fais point « de tort, recevez ce qui vous est dû, mais laissez-moi « faire ce que je veux ; votre œil est-il mauvais parce que « je suis bon ? » Un employé de la maison assis à une table, et occupé à inscrire les dépenses dans un grand livre, sourit malicieusement à cette réponse.

Cette scène se passe dans l'intérieur d'une chambre d'un

aspect très-pittoresque et éclairée par un jour de fond qui laisse toutes les figures dans une demi-teinte ménagée et transparente : effet emprunté aux ouvrages de Rembrandt.

Toile. — Haut., 0 m. 34 c. Larg., 0 m. 28 c.

57 — *Jugement de Salomon.*

En ordonnant de partager l'enfant que deux femmes réclamaient à la fois, Salomon parvient à reconnaître la véritable mère qui consent à abandonner son fils, pourvu qu'il vive.

Toile. — Haut., 0 m. 49 c. Larg., 0 m. 61 c.

58 — *Portrait d'un Sculpteur.*

Cet artiste est représenté dans un grand négligé d'atelier, la tête coiffée d'un bonnet de coton, le col nu et le vêtement tant soit peu en désordre. La main droite armée d'un marteau, et s'appuyant du coude sur une bosse renversée, il se retourne et semble indiquer de l'autre main l'ouvrage auquel il travaille.

Toile. — Haut., 0 m. 81 c. Larg., 0 m. 65 c.

MAULDE et RENOU, imprimeurs de la Compagnie des Commissaires-Priseurs, rue de Rivoli, 114.   5023

www.ingramcontent.com/pod-product-compliance
Ingram Content Group UK Ltd.
Pitfield, Milton Keynes, MK11 3LW, UK
UKHW022125070726
13613UKWH00003B/1251